Les liaisons dangereuses

FichesdeLecture.com

Les liaisons dangereuses (Fiche de lecture)

I. INTRODUCTION

Ce roman épistolaire écrit par Pierre Choderlos de Laclos en 1782 est considéré comme une œuvre majeure de la littérature française. Les 175 lettres qui composent les *Liaisons Dangereuses* ont d'ailleurs connu une postérité très importante qui ne s'est jamais démentie jusqu'à aujourd'hui.

II. RÉSUMÉ DU ROMAN ÉPISTOLAIRE

Deux aristocrates s'ennuient à mourir dans leurs somptueux salons ; l'un dans une demeure parisienne, l'autre dans un château luxueux de la campagne autour de Paris. La Marquise de Merteuil décide alors de se divertir en fomentant une petite intrigue pour son propre amusement et celui d'un ancien amant, le Vicomte de Valmont. La Marquise sait qu'une jeune fille de bonne famille, Cécile Volanges, vient juste de quitter le couvent pour être mariée au Comte de Gercourt. Or la Marquise a un compte à régler avec Gercourt ; elle suggère donc au Vicomte de séduire Cécile, de la débaucher et de créer ainsi un scandale pour humilier le Comte. Valmont accepte la proposition de la Marquise, quoiqu'assez froidement, car il a déjà les yeux tournés vers une autre proie, la très religieuse Présidente de Tourvel, chaste épouse d'un membre du Parlement. Mais, incapable de refuser un défi, il suggère que lui et la Marquise concluent un pari légèrement différent : s'il parvient à obtenir une preuve écrite qu'il a couché avec la Présidente, alors la Marquise devra se donner à lui.

Pendant ce temps, Cécile est présentée à la société où elle rencontre le Chevalier Danceny, doux et prévenant envers elle. Il devient son professeur de musique et, petit à petit, avec un peu de persuasion de la Marquise de Merteuil, les deux jeunes gens tombent amoureux. Pendant ce temps, Valmont est hors du pays mais tente de séduire la Présidente. Jusqu'ici, en dépit de tous les stratagèmes utilisés, il a obtenu peu de résultats. Mais un jour la mère de Cécile, Mme Volanges, qui correspond régulièrement avec la Présidente de Tourvel, se trouve tenir des propos peu flatteurs sur le Comte dans une lettre que ce dernier vient justement de voler et de lire. Alors, pour se venger, il décide de séduire Cécile.

La « séduction » de Cécile se rapproche parfois du viol, mais la jeune femme est persuadée d'entretenir une étrange et passionnante relation professeur-élève avec le Vicomte de Valmont. En conséquence, si Danceny la courtise pendant la journée, c'est à Valmont qu'elle réserve ses nuits. C'est durant cette période que Valmont parvient à gagner le cœur de la Présidente de Tourvel

Cependant, la Marquise de Merteuil n'est pas quelqu'un que l'on satisfait si aisément. Plutôt que d'encourager Valmont à poursuivre leur défi initial, elle se moque de lui pour être tombé amoureux de la Présidente. La fierté de Valmont est blessée par cette attaque et, pour éviter de compromettre sa réputation et d'apparaître comme un gigolo bon à rien, il quitte la Présidente sans aucune explication. Cécile ne s'en tire pas beaucoup mieux et passe une nuit difficile avec Valmont. Elle fait fausse couche.

Désormais la situation se profile mal pour tous les protagonistes de l'affaire. La Présidente se retire dans un couvent et se prépare à se laisser mourir de chagrin et de honte, tandis que Merteuil et Valmont n'arrivent pas à se réconcilier. Le Chevalier Danceny apprend que Valmont a séduit Cécile, le provoque en duel et le remporte. Le Vicomte lui remet sa correspondance avec la Marquise sur son lit de mort ; toute la bonne société apprend alors leurs machinations. La Marquise est alors obligée de fuir la ville (défigurée par la vérole) et on n'entend plus parler d'elle. Rongée par les remords, Cécile retourne au couvent avec l'intention de se faire sœur.

Ainsi donc, comme le déclare Mme de Volanges dans la dernière lettre de l'ouvrage : « *Qui pourrait ne pas frémir en songeant aux malheurs que peut causer une seule liaison dangereuse !* »

III. ANALYSE DES PERSONNAGES PRINCIPAUX

La marquise de Merteuil

« Star » de tout Paris, elle est souvent considérée comme sage et chaste malgré le fait qu'elle ait connu plus d'hommes que la plupart des « professionnelles ». C'est une libertine expérimentée qui s'est donc cachée derrière ce masque vertueux pour préserver son honneur.

Elle passe un accord plutôt louche avec le Vicomte de Valmont, l'un de ses anciens amants (et elle est l'une des rares femmes à savoir lui tenir tête). Il doit lui fournir une preuve écrite qu'il a séduit la Présidente de Tourvel ; tant qu'il ne l'aura pas fait, la marquise de Merteuil ne recouchera pas avec lui. Mais l'amour ne l'intéresse pas vraiment. Elle n'est pas femme à baisser la garde et entretient constamment une aura de dissimulation autour de sa personne.

Pour se venger de Gercourt, elle décide de faire de la jeune Cécile de Volanges sa pupille.

La Marquise est un personnage complexe, qui aime construire et dénouer des intrigues. Elle écrit bien, est astucieuse et a un don particulier pour se réapproprier les expressions des autres personnages.

En fait, elle incarne avant l'heure une véritable « self-made woman » qui porte déjà des traits féministes, puisqu'elle écrit qu'elle est sa « propre créatrice ». Dès le plus jeune âge, elle a toujours refusé de laisser le destin ou la société la façonner.

La maladie qui déforme son visage à la fin de l'ouvrage (la vérole) est une image intéressante dans la mesure où désormais, son visage semble porter métaphoriquement les opinions négatives d'autres protagonistes sur elle.

Cécile de Volanges

C'est une jeune fille fraîche et innocente qui sort du couvent au début du roman en vue d'un mariage avec le Comte de Gercourt, qu'elle ne connaît pas encore. Amoureuse du Chevalier Danceny, elle est aussi courtisée par Merteuil et Valmont. Elle vit chez sa mère et s'ennuie la plupart du temps, ce que l'on découvre à travers ses lettres à son amie Sophie du Camay.

Cécile est très proche de la Marquise de Merteuil, qui la manipule dans ses relations avec les hommes.

Séduite par Valmont, elle perd sa promesse de mariage avec Gercourt lorsque l'on découvre qu'elle n'est plus vierge. Elle doit donc retourner au couvent.

Le Vicomte de Valmont

Le Vicomte est un homme riche très porté sur les femmes. Il incarne parfaitement l'image du libertin. Il a été l'amant et le confident de la Marquise de Merteuil. À sa propre surprise (et désarroi, d'ailleurs), il tombe amoureux de la Présidente de Tourvel au fil du roman. Comme la plupart des protagonistes, il connaît une triste fin, puisqu'il meurt au cours d'un duel avec le Chevalier Danceny. Comme la Marquise de Merteuil, Valmont est très porté sur le jeu et l'intrigue. Lui non plus, au début, ne croit absolument pas à l'amour. Leur relation est assez ambigüe et leurs échanges souvent teintés d'une certaine lutte pour prendre l'avantage sur l'autre et maîtriser le jeu de la séduction. Valmont est hypocrite mais excelle dans le rôle de stratège. Pourtant, lorsque la Marquise souhaite qu'il séduise Cécile pour se venger de Gercourt, le Vicomte de Valmont décline l'offre pour se consacrer entièrement à la Présidente de Tourvel. Mais après plusieurs éléments qui le poussent à vouloir se venger de Mme de Volanges, il finit par accepter sa mission et se rend à Paris pour séduire la jeune Cécile. Après maints déboires, il succombe en personnage tragique.

En matière d'écriture, à travers ses lettres, on observe une certaine parodie du style d'autres émetteurs de lettres dans l'ouvrage. Par exemple, lors de son entreprise de séduction de Mme de Tourvel, il prend rapidement l'habitude de teinter ses lettres de motifs religieux, comme pour mieux s'adapter à cette dernière. Cependant, son habileté à jouer, sa volonté de détachement et sa trop grande fierté vont aussi provoquer sa chute. Ne pouvant admettre que la partie est terminée et qu'il a trouvé une source de bonheur en la personne de la Présidente, il décède « ruiné » de l'intérieur, comme lui-même avait ruiné de nombreuses femmes par le passé...

La Présidente de Tourvel

La Présidente (ou simplement Madame de Tourvel, dans certaines éditions) est l'épouse d'un membre du Parlement. C'est une femme chaste et religieuse qui est amenée, au cours du roman épistolaire, à tomber amoureuse du Vicomte de Valmont. Elle tente d'abord de résister, de se protéger des sentiments qu'elle pourrait développer pour lui. Mais un soir elle craque et cède à ses avances. Elle meurt d'ailleurs de chagrin lorsque le Vicomte la délaisse (pour satisfaire la Marquise de Merteuil).

Les motifs religieux entourent constamment son personnage. Ainsi, elle est souvent décrite comme en train de prier, et ses lettres sont imprégnées de l'imagerie religieuse. Elle semble prendre à cœur tout ce qu'elle fait. Après que Valmont l'ait quittée, c'est tout son être physique qui est présenté à travers une métaphore de la foi perdue, de sorte que la tristesse et les regrets qu'elle éprouve marquent directement son corps. Tout comme Cécile décide de se faire religieuse pour se repentir de son adultère avec le Vicomte, la Présidente doit logiquement laisser son corps mourir pour expier ses fautes.

Le chevalier Danceny

Il enseigne le chant et la harpe à Cécile Volanges ; ils finissent d'ailleurs par être amoureux.

Le Chevalier devient un véritable pantin entre les mains de la Marquise de Merteuil, et l'élève de Valmont. Il affronte ce dernier lors d'un duel pour venger l'honneur de Cécile.

IV. AXES DE LECTURE

Le libertinage

Le libertinage est un courant de pensée qui naît en France au XVIIe siècle. Les libertins sont tout d'abord des savants, des philosophes et autres penseurs dont la principale caractéristique est une revendication de liberté par rapport aux mœurs et à la religion (libertinage « érudit »). Puis la tendance évolue vers un libertinage des mœurs, incarné par Valmont. Il s'agit plus ici de séduction sans remords, de refus des attaches sentimentales : « *J'ai bien besoin d'avoir cette femme [la Présidente de Tourvel], pour me sauver du ridicule d'en être amoureux.* » (Lettre 4, Vicomte de Valmont à la Marquise de Merteuil).

Cependant, Laclos ne cède jamais à la tentation de mettre en scène la débauche. En cela il faut le distinguer d'une écriture telle que celle qui caractérise le Marquis de Sade. Car finalement, le libertinage dans les *Liaisons*

Dangereuses est plus intellectuel que sensuel. C'est un ouvrage de réflexion que nous livre l'auteur, malgré les quelques passages qui ont fait scandale.

Le libertinage des *Liaisons* témoigne en fait de la réalité d'une époque ; celle d'une aristocratie française hors temps de guerre qui, faute de se battre, finit par faire entrer le conflit dans ses propres salons, utilisant comme armes la connaissance de la nature humaine et une intransigeance extrême envers autrui.

Le désir

Le désir n'est pas à proprement parler un thème des *Liaisons dange-reuses*, mais plutôt un moteur du roman. C'set **l'idée du désir** qui meut les personnages, non le désir lui-même. En effet, dans une société où les gens vivent dans un tel luxe et finalement un tel ennui, l'acte même de vouloir quelque chose rend l'objet de ce désir précieux.

La guerre

La guerre, tout du moins quelques altercations en Corse en trame de fond du roman, constitue un arrière-plan des *Liaisons dangereuses*. Mais c'est également un thème plus visible à travers la bataille constante et la métaphore utilisée par la Marquise de Merteuil et Valmont lorsqu'ils décrivent leurs exploits amoureux.

La religion

La religion est une autre **métaphore utilisée pour décrire l'amour,** en particulier par Valmont. Pour gagner du terrain sur la Présidente de Tourvel, il lui écrit dans des termes qui parleront à ses convictions personnelles (qui sont profondément religieuses). Il l'accuse par exemple de se refuser à ses « prières » ou de le punir injustement pour ses méfaits et de ne pas vouloir lui porter assistance, comme toute bonne chrétienne le ferait. On pourrait appeler cela de la parodie, mais en fait la tactique de Valmont va plus loin. Il anticipe la manière dont elle va le lire et à quel point cela va l'affecter. Ainsi, il invente des situations dans lesquelles elle pourrait être responsable de son malheur, même si c'est bien lui qui a commencé toute cette affaire. Quelle meilleure façon en effet de convaincre une femme pieuse, se dit Valmont, que de la convaincre qu'elle est la personne qui commet la faute ? Alors que le roman progresse, la foi de la Présidente a de plus en plus à voir avec le devoir qu'elle pense avoir envers Valmont que celui envers son dieu.

L'éducation

« Recevoir une éducation » dans les *Liaisons Dangereuses* signifie en fait **perdre son innocence.** Cela donne lieu à des lettres troublantes, comme la lettre numéro 110, dans laquelle Valmont décrit les récents cours d'anatomie qu'il a donnés à Cécile, parlant même d'un quasi « catéchisme » de la débauche. La Marquise de Merteuil se plaint ensuite d fait que Cécile n'est pas faite du « bon matériau » (« elle n'a pas l'étoffe »). On comprend ici que l'éducation à laquelle la Marquise fait référence est clairement une éducation pour le jeu, la scène. Selon la Marquise, on ne naît pas femme, on se construit ; il faut se créer soi-même. C'est pourquoi disposer du juste « matériel » est nécessaire pour contrôler son destin.

Le genre épistolaire

Laclos est l'héritier d'une **tradition littéraire** en la matière. Le public commence à se lasser des romans « traditionnels ». « *C'est le défaut des Romans ; l'Auteur se bat les flancs pour s'échauffer, et le Lecteur reste froid.* » (Lettre 33, Marquise de Merteuil au Vicomte de Valmont). Le roman épistolaire se développe donc dès la fin du XVIIe siècle et s'impose avec les *Lettres Persanes* de Montesquieu (1721). Un autre célèbre exemple du genre est *Julie ou La Nouvelle Héloïse* de Rousseau.

La force du genre épistolaire est sa capacité à présenter de **multiples points de vue** (à travers les différents épistoliers), tout en donnant au lecteur une place dominante : celui qui a la vue d'ensemble. La lettre sous toutes ses formes sert non seulement l'action et la fiction, mais alimente aussi tout un ensemble de réflexions philosophiques.

Mais Laclos ne s'est pas contenté de s'inscrire dans ce mouvement : il a fait preuve d'une grande **originalité** en donnant un style d'écriture bien particulier à chacun des protagonistes (pour que le lecteur puisse mieux les cerner) ; de plus, la lettre elle-même peut intervenir dans réellement dans la trame de l'action, puisque, par exemple, Valmont en dérobe une. Dès lors, plus qu'un support, la lettre devient une arme et un élément de l'action *per se.*

Dans la même collection en numérique

Les Misérables

Le messager d'Athènes

Candide

L'Etranger

Rhinocéros

Antigone

Le père Goriot

La Peste

Balzac et la petite tailleuse chinoise

Le Roi Arthur

L'Avare

Pierre et Jean

L'Homme qui a séduit le soleil

Alcools

L'Affaire Caïus

La gloire de mon père

L'Ordinatueur

Le médecin malgré lui

La rivière à l'envers - Tomek

Le Journal d'Anne Frank

Le monde perdu

Le royaume de Kensuké

Un Sac De Billes

Baby-sitter blues

Le fantôme de maître Guillemin

Trois contes

Kamo, l'agence Babel

Le Garçon en pyjama rayé

Les Contemplations

Escadrille 80

Inconnu à cette adresse

La controverse de Valladolid

Les Vilains petits canards

Une partie de campagne

Cahier d'un retour au pays natal

Dora Bruder

L'Enfant et la rivière

Moderato Cantabile

Alice au pays des merveilles

Le faucon déniché

Une vie

Chronique des Indiens Guayaki

Je voudrais que quelqu'un m'attende quelque part

La nuit de Valognes

Œdipe

Disparition Programmée

Education européenne

L'auberge rouge

L'Illiade

Le voyage de Monsieur Perrichon

Lucrèce Borgia

Paul et Virginie

Ursule Mirouët

Discours sur les fondements de l'inégalité

L'adversaire

La petite Fadette

La prochaine fois

Le blé en herbe

Le Mystère de la Chambre Jaune

Les Hauts des Hurlevent

Les perses

Mondo et autres histoires

Vingt mille lieues sous les mers

99 francs

Arria Marcella

Chante Luna

Emile, ou de l'éducation

Histoires extraordinaires

L'homme invisible

La bibliothécaire

La cicatrice

La croix des pauvres

La fille du capitaine

Le Crime de l'Orient-Express

Le Faucon malté

Le hussard sur le toit

Le Livre dont vous êtes la victime

Les cinq écus de Bretagne

No pasarán, le jeu

Quand j'avais cinq ans je m'ai tué

Si tu veux être mon amie

Tristan et Iseult

Une bouteille dans la mer de Gaza

Cent ans de solitude

Contes à l'envers

Contes et nouvelles en vers

Dalva

Jean de Florette

L'homme qui voulait être heureux

L'île mystérieuse

La Dame aux camélias

La petite sirène

La planète des singes

La Religieuse

1984 A l'Ouest rien de nouveau

Aliocha

Andromaque

Au bonheur des dames

Bel ami

Bérénice

Caligula

Cannibale

Carmen

Chronique d'une mort annoncée
Contes des frères Grimm
Cyrano de Bergerac
Des souris et des hommes
Deux ans de vacances
Dom Juan
Electre
En attendant Godot
Enfance
Eugénie Grandet
Fahrenheit 451
Fin de partie
Frankenstein
Gargantua
Germinal
Hamlet
Horace
Huis Clos
Jacques le fataliste
Jane Eyre
Knock
L'homme qui rit
La Bête humaine
La Cantatrice Chauve
La chartreuse de Parme
La cousine Bette
La Curée
La Farce de Maitre Pathelin
La ferme des animaux
La guerre de Troie n'aura pas lieu
La leçon
La Machine Infernale
La métamorphose
La mort du roi Tsongor
La nuit des temps
La nuit du renard
La Parure

La peau de chagrin
La Petite Fille de Monsieur Linh
La Photo qui tue
La Plage d'Ostende
La princesse de Clèves
La promesse de l'aube
La Vénus d'Ille
La vie devant soi
L'alchimiste
L'Amant
L'Ami retrouvé
L'appel de la forêt
L'assassin habite au 21
L'assommoir
L'attentat
L'attrape-coeurs
Le Bal
Le Barbier de Séville
Le Bourgeois Gentilhomme
Le Capitaine Fracasse
Le chat noir
Le chien des Baskerville
Le Cid
Le Colonel Chabert
Le Comte de Monte-Cristo
Le dernier jour d'un condamné
Le diable au corps
Le Grand Meaulnes
Le Grand Troupeau
Le Horla
Le jeu de l'amour et du hasard
Le Joueur d'échecs
Le Lion
Le liseur
Le malade imaginaire
Le Mariage de Figaro
Le meilleur des mondes

Le Monde comme il va

Le Parfum

Le Passeur

Le Petit Prince

Le pianiste

Le Prince

Le Roman de la momie

Le Roman de Renart

Le Rouge et le Noir

Le Soleil des Scortas

Le Tartuffe

Le vieux qui lisait des romans d'amour

L'Ecole des Femmes

L'Ecume Des Jours

Les Bonnes

Les Caprices de Marianne

Les cerfs-volants de Kaboul

Les contes de la Bécasse

Les dix petits nègres

Les femmes savantes

Les fourberies de Scapin

Les Justes

Les Lettres Persanes

Les liaisons dangereuses

Les Métamorphoses

Les Mouches

Les Trois mousquetaires

L'étrange cas du Dr Jekyll et de Mr Hyde

L'Ile Au Trésor

L'île des esclaves

L'illusion comique

L'Ingénu

L'Odyssée

L'Ombre du vent

Lorenzaccio

Madame Bovary

Manon Lescaut

Micromégas

Mon ami Frédéric

Mon bel oranger

Nana

Ne tirez pas sur l'oiseau moqueur

Notre-Dame de Paris

Oliver twist

On ne badine pas avec l'amour

Oscar et la dame rose

Pantagruel

Le Misanthrope

Perceval ou le conte du Graal

Phèdre

Ravage

Roméo et Juliette

Ruy Blas

Sa Majesté des Mouches

Si c'est un homme

Stupeur et tremblements

Supplément au voyage de Bougainville

Tanguy

Thérèse Desqueyroux

Thérèse Raquin

Ubu Roi

Un Barrage contre le Pacifique

Un long dimanche de fiançailles

Un secret

Vendredi ou la vie sauvage

Vipère au poing

Voyage au bout de la nuit

Voyage au centre de la terre

Yvain ou le Chevalier au lion

Zadig

À propos de la collection

La série FichesdeLecture.com offre des contenus éducatifs aux étudiants et aux professeurs tels que : des résumés, des analyses littéraires, des questionnaires et des commentaires sur la littérature moderne et classique. Nos documents sont prévus comme des compléments à la lecture des oeuvres originales et aide les étudiants à comprendre la littérature.

Fondé en 2001, notre site FichesdeLectures.com s'est développé très rapidement et propose désormais plus de 2500 documents directement téléchargeables en ligne, devenant ainsi le premier site d'analyses littéraires en ligne de langue française.

FichesdeLecture est partenaire du Ministère de l'Education du Luxembourg depuis 2009.

Plus d'informations sur www.fichesdelecture.com

© FichesDeLecture.com
Tous droits réservés
www.fichesdelecture.com

ISBN: 978-2-511-02810-0

Notes :